THE ELEPHANT AND HIS SECRET

Based on a Fable by Gabriela Mistral

IN SPANISH AND ENGLISH

By Doris Dana · Illustrated by Antonio Frasconi

EL ELEFANTE Y SU SECRETO

Basado en una Fábula de Gabriela Mistral

EN ESPAÑOL E INGLÉS

por Doris Dana · Ilustraciones de Antonio Frasconi

A Margaret K. McElderry Book / ATHENEUM 1974 New York

for Bubu / D.D.

for Marianella / A.F.

Text copyright © 1974 by Doris Dana
Illustrations copyright © 1974 by Antonio Frasconi
All rights reserved
Library of Congress catalog card number 73–75432
ISBN 0–689–30430–7
Published simultaneously in Canada by
McClelland & Stewart, Ltd.
Manufactured in the United States of America
Printed by Connecticut Printers, Inc.
Hartford, Connecticut
Bound by A. Horowitz & Son/Bookbinders
Clifton, New Jersey
First Edition

THE ELEPHANT
AND HIS SECRET

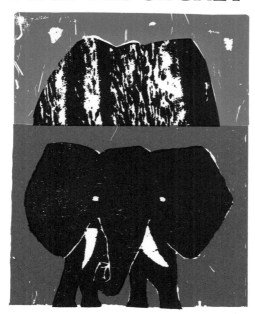

EL ELEFANTE
Y SU SECRETO

ntes de que el elefante fuera realmente un elefante, antes de que tuviera forma o tamaño, o siquiera peso, él quería estar en la tierra. El quería ser grande y pesado.

Un día, el elefante encontró una enorme sombra gris que una grandísima montaña proyectaba sobre el llano. Tocó la sombra. Era arrugada y áspera como la montaña. La recogió. Era tan pesada como la montaña. Se la puso sobre la cabeza como un gran suéter gris, y maravilla de maravillas, la sombra lo cubrió por entero.

La sombra le caía un poco suelta y abolsada en las costuras, ya que después de todo, era la sombra de una montaña muy grande. Pero le quedaba bastante bien al elefante. Abultaba donde él abultaba y se hundía donde él se hundía. Tenía anchas orejas colgantes. Tenía una larguísima nariz que colgaba hasta el suelo y que parecía el tronco de un árbol. Y tenía una corta y delgada colita que terminaba deshilachada como una soguita.

Así es como el elefante adquirió la sombra de una montaña como cuerpo.

Before the elephant was really an elephant, before he had a shape, or a size, or even any weight, he longed to be on earth. He wanted to be big and heavy.

One day the elephant found a great gray shadow that a huge mountain cast over the plain. He touched the shadow. It was wrinkled and rough like the mountain. He picked it up. It was as heavy as the mountain. He pulled it over his head like a great gray sweater, and lo and behold the shadow covered all of him.

The shadow hung a little loose and baggy at the seams since, after all, it was the shadow of a very *big* mountain. But it fitted the elephant well enough. It bulged where he bulged and it sagged where he sagged. It had wide flapping ears. It had a long, long nose that hung to the ground and looked like the trunk of a tree. And it had a short skinny tail, frayed at the end like a rope.

That is how the elephant got the shadow of a mountain for his body.

Ahora que él tenía forma y tamaño, y bastante peso, el elefante tuvo ganas de salir a explorar el mundo y conocer a los otros animales. Pero le faltaba todavía una cosa. El no tenía ojos, dado que la sombra de la montaña nunca tuvo ojos. El elefante no podía ver.

Así que el elefante pidió al cielo. Nada sucedió. El suplicó otra vez. Pero otra vez nada. Entonces él rogó con toda el alma, como nunca había rogado en su vida. De repente, dos ojitos empezaron a abrirse. No eran de tamaño apropriado para aquel enorme elefante, pero eran mucho mejor que nada.

Por fin el elefante tenía todo lo que él necesitaba para irse a ver el mundo.

Cuando la montaña vio que su sombra se incorporaba y comenzaba a alejarse, se quedó asombrada. "¿A dónde vas?" le gritó. "¡No te olvides de volver algún día!" Entonces se inclinó, acercándose al elefante, y le susurró un secreto al oído.

El elefante escuchó. Entonces se sonrió: era la primera vez que un elefante se sonreía.

"No olvides el secreto," dijo la montaña.

"No lo olvidaré," respondió el elefante. El enroscó su larga trompa en el aire y la sacudió, despidiéndose así de la montaña, y se fue a ver el mundo.

Now that he had a shape and a size and plenty of weight, the elephant was eager to go out and explore the world and meet the other animals. But one thing was still missing. He had no eyes since the shadow of the mountain never had eyes. The elephant could not see.

So the elephant made a wish. Nothing happened. He wished again. Still nothing happened. Then he wished very hard, harder than he had ever wished in his life. Suddenly two tiny eyes began to open. They weren't very much for such a big elephant. But they were a lot better than nothing.

At last the elephant had everything he needed to go out to see the world.

When the mountain saw her shadow stand up and start to walk away, she was astonished. "Where are you going?" she cried. "Don't forget to come back one day." Then she leaned down close to the elephant and whispered a secret in his ear.

The elephant listened. Then he smiled—the first time that an elephant had ever smiled.

"Don't forget the secret," the mountain said.

"I won't forget," the elephant replied. He curled his long trunk high in the air and, waving good-bye to the mountain, he lumbered off to see the world.

La primera noche él llegó hasta un río que brillaba como diamantes. Allí, a la orilla del río, colgaba un rayo de luna cogido entre dos altos juncos. El elefante deslizó el extremo de su trompa bajo el rayo de luna para ver si él podía cortarlo como una flor. Pero cuando le dio una sacudida rápida, rasgó el rayo de luna en dos. Ahí estaba él, con medio rayo de luna pegado a cada lado de su trompa. Ahora el elefante tenía dos colmillos magníficos, encorvados y de un blanco marfil como la luna nueva.

On the first night he came upon a river that sparkled like diamonds. There at the side of the river hung a moonbeam caught between two tall bulrushes. The elephant slipped the tip of his trunk under the moonbeam to see if he could pluck it like a flower. But when he gave a quick upward flip with his trunk, he sliced the moonbeam right in two. There he was with half a moonbeam stuck firmly on each side of his trunk. Now the elephant had two magnificent tusks, curved and ivory white like the new moon.

Al principio, los otros animales tenían miedo del elefante. Ellos se escondían entre las hierbas, detrás de los árboles y al otro lado del recodo del río. Pero sus ojos lo seguían dondequiera que él iba, vigilándolo día y noche.

"Sus ojos son tan pequeños y él es tan grande," gritó el conejo. "El no nos podrá ver. El nos aplastará con su peso."

"Pero él es cuidadoso. El tantea por el suelo buscando el camino con la punta de su trompa," dijo la lagartija que mejor que nadie podía saberlo.

"El balancea su trompa tan suavemente como las ondulantes aguas de una laguna," dijo la rana. "El debe ser un elefante muy manso."

Y así poco a poco todos los animales comprendieron que el elefante no les haría daño. Empezaron a salir de entre las hierbas y de detrás de los árboles y del otro lado del recodo del río.

At first all the other animals were afraid of the elephant. They hid among the grasses and behind the trees and around the bend of the river. But their eyes followed him wherever he went, watching him by day and by night.

"His eyes are so small and he is so big," cried the rabbit. "He will not be able to see us. He will crush us with his weight."

"But he is careful. He gropes along the ground, feeling his way with the tip of his trunk," said the lizard who was in a good position to know.

"He swings his trunk as gently as the rocking waters of a pond," said the frog. "He must be a very gentle elephant."

And so bit by bit all the animals learned that the elephant would not hurt them. They began to come out from among the grasses and from behind the trees and from around the bend of the river.

Gradualmente ellos se acostumbraron a la apariencia del elefante. Ellos se acostumbraron a su forma, a su tamaño y a su peso. Ellos incluso se acostumbraron a sus ojos que eran tan pequeñitos. Tanto, que la zebra dijo una vez: "De verdad sus ojos son de bastante buen tamaño. Más o menos del tamaño de los míos. Es el resto de él lo que es demasiado grande."

A medida que los animales ganaban más confianza, ellos empezaron a darle consejos.

El ciervo le dijo: "No debes dejar que tus orejas cuelguen sueltas como las hojas de un plátano, porque así no cogerán el viento." Y aguzó sus orejas para mostrar al elefante cómo debían ser las orejas.

La gacela, mirándole las grandes columnas de sus piernas, le dijo: "¡Mira esas piernas! Son como los templos hindúes; no como las mías, ancas redondeadas que van bajando hasta hacerse saetas."

Y el caballo árabe dijo: "Qué cola pequeña para ese cuerpote. La cola ha de ser ancha y despeinada, ondeando libre como una bandera."

Gradually they got used to the way the elephant looked. They got used to his shape and his size and his weight. They even got used to his eyes being so small. In fact the zebra once said: "Really, his eyes are quite a good size. Just about the size of mine. It is the rest of him that is too big."

As the animals grew more confident, they began to give him advice.

The deer said: "You should not let your ears hang down loose like the leaves of a banana plant because that way they will never catch the wind." And she pricked up her ears to show the elephant how ears should be.

The gazelle, gazing at the great columns of the elephant's legs, said: "Look at those legs! They are like Hindu temples. Not like mine, rounded haunches that taper down to the fineness of an arrow."

The Arabian horse said: "What a small tail for such a big body! A tail should be wide and uncombed and fly free like a flag!"

El elefante escuchaba pacientemente. El no se enojaba. Y esto era bueno también, porque si él hubiera perdido la paciencia y hubiera bramado y pateado el suelo, hubiera provocado un terremoto que habría estremecido todo el continente y la mitad del mar también.

En vez de esto, él sonreía.

"El sonríe como si tuviera un maravilloso secreto," pensó el buho, abriendo un ojo en la obscuridad.

Poco a poco, todos los animales comprendieron que el elefante era muy bondadoso.

Un día la Mamá Mona perdió a su hijito que se había trepado a un árbol muy alto.

"No viene cuando lo llamo," sollozó la Mamá Mona. "Lo he buscado y buscado y no lo encuentro por ninguna parte. ¡Hay tantas ramas y tantos árboles! ¡Nunca podré encontrarlo!" Gruesos lagrimones rodaban por su cara.

"Sécate las lágrimas, Mamá Mona," dijo el elefante. "Yo puedo ver a tu hijito. El se ha quedado dormido en la rama más alta de una ceiba." Irguiéndose el elefante alzó la trompa y con su suave punta aterciopelada envolvió al monito dormido y lo depositó suavemente en los brazos de su madre.

The elephant listened patiently. He did not get angry. And it was a good thing, too, because if he had lost his temper and bellowed and stamped his feet, he would have caused an earthquake that would have shaken the whole continent and half the sea besides.

Instead he smiled.

"He smiles as if he had a wonderful secret," thought the owl as he opened one eye in the dark.

Little by little all the animals learned that the elephant was very kind.

One day Mother Monkey lost her baby who had skittered up a very tall tree.

"He doesn't come when I call," cried Mother Monkey. "I've looked and I've looked and I don't see him anywhere. There are so many branches and so many trees. I shall never be able to find him!" Great tears rolled down her face.

"Dry your tears, Mother Monkey," said the elephant. "I can see your baby. He has fallen asleep on the highest branch of the cottonwood tree." Standing very tall, the elephant reached up with his trunk and wrapped its soft velvet tip around the sleeping baby monkey and lowered him gently into his mother's arms.

En otra ocasión él oyó a la girafa suspirando. "¿Qué te pasa, girafa?" preguntó el elefante.

"¡Ay!, elefante, no debía quejarme. Estoy muy contenta con que mi largo cuello alcance hasta lo más alto del árbol donde las hojas crecen verdes y deliciosas. Pero mientras mi cabeza está tan arriba, mi cola está tan abajo que no puedo espantarme las moscas de la espalda."

"Yo te ayudaré," dijo el elefante, y con su colita corta y delgada, deshilachada en la punta como una soguita, él sacudió todas las moscas de la espalda de la girafa.

Y aún otro día, un viejo rinoceronte enfermo que venía arrastrando los pies, se quedó atrapado entre dos árboles gigantescos. "Estoy encajado aquí y nunca podré salir," gimió el rinoceronte. "Y no hay ningún otro animal que sea bastante fuerte para ayudarme."

"Yo soy bastante fuerte," dijo el elefante. Con sus largos colmillos, encorvados y de blanco marfil como la luna nueva, él jaló y empujó hasta que los árboles se doblaron dejando libre al viejo rinoceronte.

Y así los animales aprendieron a amar al elefante como a un amigo.

Another day he heard the giraffe sighing. "What is the matter, giraffe?" asked the elephant.

"Oh, elephant, I shouldn't complain. I am very happy that my long neck reaches up to the topmost part of the tree where the leaves grow green and delicious. But while my head is so high, my tail is so low that I cannot keep the flies off my back."

"I will help you," said the elephant, and with his short skinny tail, frayed at the end like a rope, he swished all the flies from the giraffe's back.

And on still another day, an old, sick rhinoceros came shuffling along and got stuck between two enormous trees. "I'm wedged in and I'll never get out," wailed the rhinoceros. "And no other animal is strong enough to help me."

"I am strong enough," said the elephant. With his long tusks, curved and ivory white like the new moon, he pulled and pushed at the trees until they bent, and he set the old rhinoceros free.

And so the animals grew to love the elephant as their friend.

Ya el elefante había visto mucho del mundo, y tenía muchos amigos por todas partes de la tierra. Pero a veces él deseaba ver otra vez a su amiga la montaña. Entonces él pensaba en el secreto que la montaña le había susurrado al oído, y él se preguntaba cuándo ocurriría.

Un día sucedió.

Maravilla de maravillas, una enorme gota de lluvia cayó justo en la frente del elefante. Después, otra gota. Después otra, hasta que las gotas estaban salpicando por todas partes alrededor de él. Al principio las gotas caían con un ritmo lento y desigual, después, con un golpeteo rápido. Finalmente la lluvia cayó en un torrente, denso y vertiginoso.

"¡Esto es!" exclamó el elefante. "Este es el secreto que la montaña me susurró al oído. Es el comienzo del segundo Diluvio Universal. Lloverá durante cuarento días. Y lloverá durante cuarenta noches. Las aguas cubrirán toda la tierra. Y yo, el elefante, salvaré a todos los animales del mundo."

U. S.   1804598

By now the elephant had seen much of the world, and he had made friends in all parts of the earth. But sometimes he longed to see his friend the mountain again. Then he would think of the secret the mountain had whispered in his ear, and he wondered when it would come to pass.

One day it happened.

Lo and behold, a large drop of rain fell right on the elephant's forehead. Then another drop. Then another, until raindrops were splashing all around him. At first the drops fell in a slow uneven beat, then in a fast patter. Finally the rain came in a torrent, falling thick and fast.

"This is it!" exclaimed the elephant. "This is the secret that the mountain whispered in my ear. This is the beginning of the Second Deluge. It will rain for forty days. And it will rain for forty nights. The waters will cover all the land. And I, the elephant, will save all the animals of the world."

Los otros animales estaban nadando y chapoteando en el torrente. Hasta la girafa estaba hasta las orejas.

"¡Por favor! ¡Ayúdanos, elefante! ¡Ayúdanos!" rebuznó el asno cuya voz llena de espanto se oía por encima de la tormenta.

"Trepa a mi espalda," dijo el elefante con ánimo. "Súbanse."

Así todos los otros animales, grandes y pequeñas, se subieron. Ellos se pegaban a su cuello, cabalgaban en sus colmillos y colgaban de su cola. Y el elefante empezó su largo viaje alrededor del mundo, vadeando y nadando a través de las crecientes aguas. El mantuvo su trompa enhiesta como un alto mástil. El abrió sus grandes orejas al viento como velas.

The other animals were swimming and splashing around in the torrent. Even the giraffe was up to his ears.

"Oh, help us, elephant! Help us!" brayed the donkey whose frightened voice could be heard above the storm.

"Climb on my back!" the elephant called out cheerfully. "Just climb on my back!"

So all the other animals, big and small, climbed up. They clung to his neck. They rode on his tusks. They hung from his tail. And the elephant set out on his long journey halfway around the world, wading and swimming through the rising floods. He held his trunk high like a tall mast. He spread his great ears to the wind like sails.

Por último, anunciando estrepitosamente su llegada, como una nave llegando a puerto, el elefante condujo a todos los animales, sanos y salvos, a Ararat, la alta montaña donde el Arca de Noé había llegado miles de años antes—la misma montaña que le había susurrado el secreto al oído, y cuya gran sombra gris se había transformado en su propio cuerpo cuando él salió a correr sus aventuras por el mundo.

At last, trumpeting his arrival like a ship coming into port, the elephant brought all the animals safe to Ararat, that high mountain where Noah's Ark had landed thousands of years before—the very same mountain that had whispered the secret in his ear, and whose great gray shadow had become his very own body when he set out on his adventures in the world.